Du mê

Collec

Série B
Ne tou
Babouc... jalouse
Sauvez ma Babouche!
Ma Babouche pour toujours

Série Marcus:
Marcus la Puce à l'école
Le gros problème du petit Marcus

Collection Roman Jeunesse
Edgar le bizarre
L'étrange amour d'Edgar

Gilles Gauthier

EDGAR LE VOYANT

Illustrations
de Jules Prud'homme

la courte échelle
Les éditions de la courte échelle inc.

Les éditions de la courte échelle inc.
5243, boul. Saint-Laurent
Montréal (Québec) H2T 1S4

Conception graphique:
Derome design inc.

Révision des textes:
Jean-Pierre Leroux

Dépôt légal, 3e trimestre 1994
Bibliothèque nationale du Québec

Données de catalogage avant publication (Canada)

Gauthier, Gilles

Edgar le voyant

(Roman Jeunesse; RJ50)

ISBN 2-89021-202-5

I. Prud'homme, Jules. II. Titre. III. Collection.

PS8563.A858E33 1994 jC843'.54 C94-940666-X
PS9563.A858E33 1994
PZ23.G38Ed 1994

Prologue

Je ne sais pas si vous avez déjà eu l'«affreux mal bleu». Ce n'est pas une vraie maladie, mais plutôt l'impression bizarre d'être tout à coup complètement perdu dans la vie, terriblement fatigué, totalement seul. C'est un mal étrange qui part et qui revient quand il veut.

J'en suis gravement atteint depuis quelque temps. Et j'ai beau essayer de me secouer, de réagir, je n'arrive pas à reprendre le dessus.

Je crois que tout a commencé lorsque je me suis remis à penser à Jézabel. À deux grands yeux verts que je ne réussirai jamais à oublier.

Jézabel a vingt ans et elle étudie à Paris. Et moi, qui viens tout juste d'avoir treize ans, je suis devenu amoureux d'elle l'été dernier, quand elle est venue passer ses vacances par ici. Amoureux fou...

Mais voilà! La vie est mal faite et les choses ne sont jamais comme on voudrait qu'elles soient.

À cause des sept petites années qui nous séparent, Jézabel m'a fait comprendre que nous ne pourrions être que des amis, elle et moi. Des amis pour toujours peut-être, mais... seulement des amis...

Et l'affreux mal bleu m'a envahi...

Dans un des livres de ma mère Lucille sur la peinture, j'ai découvert récemment un tableau d'un dénommé Gauguin qui a pour titre: *D'où venons-nous? Qui sommes-nous? Où allons-nous?* Je ne sais pas si vous l'avez déjà vu.

C'est un tableau assez curieux avec un titre plutôt étonnant. Mais ce qui m'a le plus frappé, dans ce titre, c'est qu'il contient exactement le genre de questions qu'on se pose quand on est victime de l'affreux mal bleu.

Ces temps-ci, je passe mes grandes journées à me torturer les méninges à propos de ces questions. Malheureusement, plus les journées me semblent longues, plus mes réponses raccourcissent.

L'an dernier, quand je lisais des tonnes d'histoires bizarres, j'ai cru pendant un certain temps avoir découvert qui j'étais et d'où je venais.

Parce que je m'appelle Edgar Alain

Campeau, que je suis né un 19 janvier comme Edgar Allan Poe, j'ai pensé que j'étais une réincarnation de ce grand écrivain américain. Edgar Poe guidait ma vie par ses écrits.

Toutefois, avec le départ de Jézabel et mon grand amour raté, j'ai dû me rendre à l'évidence. Jézabel n'est pas, comme j'avais essayé de me le faire croire, l'Annabel Lee d'un poème de Poe et je ne suis la réincarnation de personne.

Je suis seulement Edgar Campeau, un pauvre garçon bien ordinaire, qui commence à se demander sérieusement ce qu'il est venu faire sur la planète Terre.

J'ai tenté à plusieurs reprises de chasser mes idées noires en grattant la guitare que mes parents m'ont donnée à mon anniversaire. Tout ce que j'ai réussi à faire, c'est à empirer mon mal.

Dès que je sors mon instrument, les poils de ma chatte Caterina se retroussent raide sur son dos et elle court se cacher sous mon lit. C'est comme si un sixième sens lui annonçait qu'un cataclysme approche.

Le pire, c'est que ma chatte a raison. Même en jouant *Au clair de la lune*, j'ai

les cinq doigts qui se prennent dans les six cordes et tout finit toujours par des grincements horribles.

Je ne sais vraiment plus quoi faire. Des fois, j'ai l'impression qu'à treize ans tout est déjà terminé.

Edgar Poe ne veut rien savoir de moi. Jézabel ne m'aime pas. Ma guitare me mord les doigts. Ma chatte fuit devant ma musique. L'affreux mal bleu ne me lâche plus.

Qu'est-ce que je vais devenir dans la vie?

Chapitre I
La sorcière Caterina

Edgar Poe ne m'a pas abandonné. Il a tout simplement décidé de me venir en aide en se servant des yeux de ma petite chatte noire.

C'est la pure vérité, je vous le jure!

Ma chatte s'appelle Caterina comme celle de Poe. Or, imaginez-vous qu'un soir les yeux de ma chatte sont devenus lumineux tout à coup. Et sur ces petits écrans bizarres, j'ai entrevu l'image floue d'une sorcière.

Intrigué par cette apparition, je me suis rendu à la bibliothèque pour voir ce que je trouverais sur les sorcières. J'y ai découvert une section fabuleuse consacrée à ce qu'on appelle les sciences occultes.

Je crois qu'il y a là ce que je cherchais depuis longtemps!

On parle dans ces livres d'une foule d'approches qui permettent, selon les auteurs, de lire l'avenir. Comme ce qui me préoccupe en ce moment, c'est justement de savoir où je m'en vais dans la vie, j'ai décidé de prendre le taureau par les cornes et de devenir un voyant.

Fini, l'affreux mal bleu! En pratiquant la voyance, je pourrai enfin ouvrir les yeux pour de bon. Je saurai qui est Edgar Campeau et ce que le destin lui réserve.

Toutefois, d'après ce que j'ai lu jusqu'ici, j'ai un bon bout de chemin à faire avant d'atteindre mon but. Il existe un joli paquet de façons différentes de découvrir le futur. Et je commence à me demander si au moins une de ces façons pourra me convenir.

Écoutez seulement les noms de quelques techniques dont il est question dans les livres que j'ai consultés.

L'oomancie, la crithomancie, la catoptromancie, l'onychomancie, la chiromancie, la cartomancie...

Ça en fait des «mancies», vous ne trouvez pas? Et chacun de ces mots est aussi difficile à déchiffrer que mon avenir au grand complet! Cependant, plus rien ne peut m'arrêter maintenant. Je veux savoir où va ma vie et j'ai décidé de foncer.

Depuis quelques jours, j'expérimente

SCIENCES OCCULTES

donc diverses «mancies». Pour bien montrer à mon destin que je suis prêt à tout pour le connaître, j'ai commencé par l'approche qui m'apparaissait la plus intrigante, l'oomancie.

Je suis sûr que vous êtes embêtés et que vous n'avez pas la moindre idée de ce que peut désigner ce mot. Pourtant, il s'agit tout simplement de la lecture de l'avenir dans les dessins faits par un oeuf que l'on verse dans l'huile. Un oeuf pondu un jeudi par une poule noire, de préférence...

Tout simplement???

Vous riez. Vous pensez sans doute que je me moque de vous et que j'invente de toutes pièces une technique aussi farfelue. Voyez plutôt le passage qui suit, tiré de manuscrits byzantins du XVe siècle. Vous constaterez que je n'invente absolument rien.

Prends le premier oeuf d'une poule noire, pondu un jeudi, et place-le dans l'huile depuis le matin jusqu'à midi. Ensuite, reprends-le et tiens-toi dans un lieu isolé et tranquille qui soit bien exposé au soleil. Élève l'oeuf en face des rayons du soleil et dis:

— Je te conjure, oeuf, de m'honorer et de me dire toute la vérité sur le sujet que je veux rechercher.

Alors, prononce le nom de la chose que tu veux et tu la vois immédiatement. Fais cela à l'époque de la nouvelle lune.

N'ajustez pas vos lunettes, vous avez bien lu. Et vous pouvez probablement imaginer les difficultés que j'ai eues à mettre cette technique en pratique.

Heureusement, quand j'ai découvert ce texte, une nouvelle lune venait tout juste d'apparaître dans le ciel. J'ai donc cru pendant un moment que c'était là un bon présage pour la suite des événements.

J'avais sous-estimé le problème de l'oeuf...

Je ne sais pas si les poules noires sont nombreuses par chez vous, mais laissez-moi vous dire que dans les grandes villes, elles se font plutôt rares. Pendant deux jours, j'ai cherché pourtant un poulailler introuvable. Et j'ai dû me contenter d'un oeuf «acheté» un jeudi et pondu «peut-être» par une poule noire, étant donné que sa coquille tirait sur le gris.

Tous ces efforts ont été vains! Quand

HUILE

j'ai mis l'oeuf en plein soleil et que je lui ai demandé de me montrer mon avenir, ce que j'ai vu était horrible! Mon avenir était tellement confus que j'ai décidé de le jeter dans les toilettes et d'expérimenter au plus vite une approche moins décourageante.

Place donc à la crithomancie, basée sur les dessins faits par des céréales au fond d'un bol. Pour mettre toutes les chances de mon côté, cette fois, et pour faciliter l'écriture de mon avenir, j'ai choisi des céréales en forme de lettres.

Peine perdue! Mon bol s'est révélé un véritable analphabète. Mon avenir s'écrivait ainsi selon lui: «ldjfhoufalngl».

Courageusement, je me suis donc tourné vers une autre technique qui consistait à déchiffrer le futur par l'intermédiaire d'un miroir. Et je puis vous dire tout de suite que la catoptromancie est très efficace. Pour lire le présent toutefois, pas l'avenir!

Avec mon miroir explorateur, j'ai vu ma petite soeur Émilie en train de refiler une bonne partie de ses céréales à son gros chat William sans que maman le sache.

J'ai vu aussi mon père Raymond se faire un gros Z sur le menton en se rasant à toute allure pour ne pas être en retard au bureau.

J'ai aperçu ma chatte Caterina qui semblait s'amuser follement en jouant à Indiana Jones dans les beaux rideaux du salon.

Mais ce que j'ai surtout découvert, c'est ma triste figure d'étudiant en voyance, incapable de voir plus loin que le bout de son nez...

Chapitre II
Des mains qui parlent

Plus je lisais sur la voyance, moins je voyais où j'allais aboutir. Je commençais même à être découragé et à ressentir de nouveau les symptômes de l'affreux mal bleu. Mais comme il n'y avait pas d'autre issue, j'ai pris mon courage à deux mains et j'ai continué mes recherches.

J'ai décidé de sauter par-dessus l'onychomancie, où les ongles doivent servir à prédire l'avenir. Le mien était rongé d'avance! J'ai plutôt tourné mes mains et j'ai abordé la chiromancie.

C'est l'art de lire le futur dans les lignes de la main. Cependant, en ce qui me concerne, je peux vous dire que dans mes paumes, mon futur m'a d'abord laissé perplexe. On aurait dit une peinture abstraite de ma mère!

Devant le fouillis de mes lignes de tête, de coeur, de vie et de tout ce que vous voudrez, je me suis senti comme un

automobiliste dans le centre-ville à une heure de grande circulation. J'ai pourtant réussi à garder mon sang-froid et j'ai finalement fait d'étonnantes découvertes.

D'après les livres que j'ai consultés, mes mains sont de type «pointu». Fines, délicates, ce sont les mains d'un rêveur, attiré par les mondes imaginaires.

Bonne nouvelle! Mes lignes de tête et de vie sont longues et bien visibles. Je ne suis donc pas trop fou et je ne devrais pas mourir demain matin.

Meilleure nouvelle encore! Ma ligne de tête se termine par ce qu'on appelle «la fourche de l'écrivain». Il y a de fortes chances pour que je devienne un jour un second Edgar Poe.

Troublante constatation! Il semble que j'aie des pouvoirs psychiques. Entre ma ligne de tête et ma ligne de coeur se trouve en effet un signe très rare, un petit *x* que l'on nomme «la croix mystique». Ce signe signale généralement un don pour la voyance.

J'ai déjà commencé d'ailleurs à exercer ce don en jetant un coup d'oeil furtif, pendant les repas, sur les mains de mes parents. J'ai compris ainsi bien des choses

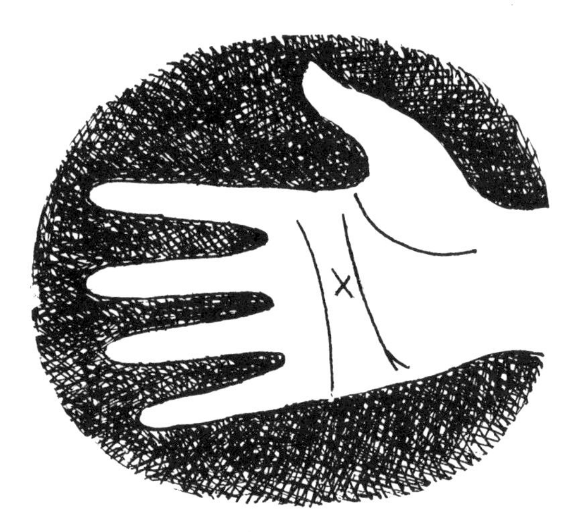

concernant nos relations.

Lucille a des mains «coniques» aux doigts très longs. Ce sont les mains d'une artiste, d'une personne sensible et capable, par conséquent, de bien s'entendre avec un rêveur comme moi.

Je suppose que vous devinez quel genre de mains a mon père. Hé oui! Raymond a de ces mains qu'on dit «carrées», les mains d'une personne logique et sérieuse. Des mains de comptable, quoi! qui n'a pas de temps à perdre avec les élucubrations d'un rejeton aux mains pointues.

Je comprends mieux maintenant pourquoi mon père n'est pas toujours facile à vivre. En plus de ses mains carrées,

Raymond a une ligne de tête droite et raide comme une règle. Cela ne traduit pas une forte inclination pour l'écoute et la discussion. Et par-dessus le marché, sa ligne de coeur est minuscule.

Je ne vous mens pas, il m'a fallu trois repas pour la repérer. Si bien que Raymond a fini par se sentir observé et qu'il m'a subitement demandé:

— Cherches-tu quelque chose, Edgar? Il me semble que tu me regardes drôlement depuis quelque temps.

Pris de court, je lui ai répondu en bafouillant:

— Non... Je... j'ai... j'étais dans la lune...

— Tu devrais revenir sur terre de temps en temps. Ton spaghetti est déjà gelé.

Cette fois, mon père avait raison. Les nouilles dans mon assiette étaient raides comme sa ligne de tête!

Chapitre III
Les cartes magiques

J'ai vite fait le tour de mes deux mains et il m'est apparu évident que la chiromancie n'apporterait que des réponses partielles à mes interrogations. J'avais besoin d'une technique plus efficace pour aller plus loin. Comme par miracle, j'ai alors mis la main sur un livre qui parlait du tarot de Marseille.

Dès que j'ai aperçu les illustrations dans ce volume, j'ai compris qu'un événement important venait de se produire dans ma vie. En un instant, j'ai su, sans l'ombre d'un doute, que ce jeu ancien avait été inventé pour moi. À l'aide de ces cartes, j'allais bientôt réaliser mon rêve et découvrir de façon précise ce que l'avenir me réservait.

Le tarot de Marseille est un jeu qui contient 78 cartes: 56 cartes de ce qu'on appelle les «arcanes mineurs» et 22 cartes d'«arcanes majeurs».

Je vous ai entendus réagir. Devant le mot «arcanes», vous vous êtes sûrement dit: «Pauvre Edgar! Dans quel bateau il s'embarque encore!» Et pourtant, vous vous énervez pour rien.

Le mot «arcane» est un vieux mot qui signifie simplement «mystère», «secret». Les 56 cartes des «arcanes mineurs» ressemblent beaucoup aux cartes des jeux de cartes ordinaires. Vous voyez donc qu'il n'y a pas de quoi paniquer!

Mais le plus intéressant dans le jeu de tarots, ce qui a surtout attiré mon attention, ce sont les 22 cartes des «arcanes majeurs». Par leurs noms et leurs dessins, ces cartes m'ont immédiatement fasciné.

L'IMPÉRATRICE, L'EMPEREUR, L'AMOUREUX, LA ROUE DE FORTUNE, la carte sans nom qu'on nomme parfois LA MORT, L'ÉTOILE, LA LUNE, LE SOLEIL, LE MONDE, la carte sans nombre...

Autant d'images étranges qui, dès le premier coup d'oeil, me suggéraient déjà quelque chose. Autant de cartes mystérieuses que je sentais, au premier contact, prêtes à me dévoiler des secrets.

On peut, d'après ce que j'ai lu, prédire l'avenir en utilisant uniquement les

22 «arcanes majeurs». C'est plus simple et il paraît que c'est même préférable, au début. J'ai donc décidé de suivre cette méthode.

Le seul embêtement, c'est qu'un jeu de tarots de Marseille, ça ne court pas les rues et ça vaut quand même quelques sous. Après avoir réussi à en repérer un dans une minuscule librairie remplie d'odeurs d'encens, il m'a fallu trouver l'argent pour donner suite à ma nouvelle vocation.

Pas question de demander l'ombre d'un sou à Raymond pour ce genre d'achat. Vous devez vous douter maintenant de ce que mon père pense de mes «folies». Pas question non plus de compter sur une subvention de Lucille à qui je devais déjà trop d'argent.

Pas question enfin de gagner mon tarot à la sueur de mon front en pelletant la neige des entrées de garage ou en vendant des bouteilles vides. L'avenir ne me réservait sûrement pas ce genre d'emplois mal rémunérés.

Il ne me restait qu'une porte de sortie: Émilie, ma gentille petite soeur, qui est cent fois plus riche que moi. Sa tirelire en forme de coeur déborde littéralement de

beaux sous neufs qui ne servent à rien.

J'ai donc pris les grands moyens. Après avoir tamisé la lumière et avoir placé dans mon magnétophone une cassette de musique «nouvel âge», j'ai fait venir ma soeur dans ma chambre.

Ma chatte sur les genoux, vêtu un peu comme un gourou, j'ai parlé à Émilie de mes nouvelles connaissances et de ma capacité de lui dévoiler le futur.

Pour une enfant de cinq ans, le futur, c'est le futur simple. Ce qu'Émilie voulait savoir, c'est quel cadeau elle allait recevoir pour son anniversaire qui approche.

Comme je me doutais qu'il me serait très facile de connaître ce type d'avenir en questionnant un peu Lucille, j'ai promis à Émilie que je comblerais ses voeux. Mais il fallait d'abord qu'elle m'aide à me procurer «mes cartes magiques».

Et voilà que je reviens à la maison en serrant dans ma main tremblante un petit sac qui contient, sans le paraître, la clé de toutes les énigmes.

Chapitre IV
Raymond, le fantôme

Je suis enfin prêt à voyager dans l'univers invisible du futur. Comme le recommande le livre qui me sert de guide, j'ai un jeu de tarots personnel, qui sera encore plus personnel, il est vrai, quand j'aurai remboursé ma petite soeur.

J'ai aussi baigné mon jeu dans la fumée de l'encens, même si je me posais de sérieuses questions sur la nécessité d'un tel geste. Je ne suis pas certain, d'ailleurs, d'avoir accompli ce rituel au moment où la lune était ascendante et à l'heure de Jupiter, comme c'était demandé.

Disons que j'ai au moins fait cette curieuse cérémonie un soir où il y avait une lune dans le ciel. Quant à l'heure de Jupiter, elle s'est plutôt avérée l'heure de Raymond qui, ce soir-là, est rentré à la maison tôt en Jupiter.

L'étape de l'encens a en effet causé un nouvel accrochage avec mon père. J'ai même eu peur pendant un moment que ma carrière de voyant ne s'arrête brusquement avant d'avoir commencé.

Ce qui est arrivé, voyez-vous, c'est que Raymond est rentré plus tôt que d'habitude justement le soir où j'avais décidé d'encenser en paix mon jeu de tarots. Et dès que mon père a mis les pieds dans la maison, j'ai entendu une grosse voix s'exclamer sur un ton bourru qui m'est très familier:

— Voulez-vous bien me dire ce que ça sent ici?

Au bout de cinq secondes, à travers les vapeurs de l'encens, est apparu à l'entrée de ma chambre une sorte de fantôme menaçant.

En me voyant assis devant mon pupitre enfumé, Raymond a froncé les sourcils et a pris un air soupçonneux. Il s'est approché lentement, comme le lieutenant Colombo à la recherche d'indices révélateurs. Puis, sur un ton sec à rendre nerveux même le plus brave, il m'a demandé:

— Qu'est-ce que tu fais là?

Essayant de garder mon calme, j'ai réussi à bredouiller:

— C'est... c'est un essai... Il paraît que

l'encens, ça... ça aide à se détendre.

Mon père n'a pas eu l'air de se détendre du tout. Il a plutôt continué sur le même ton qu'avant:

— Tu es bien sûr que c'est à ça que ça sert?... Ça ne servirait pas à cacher d'autres odeurs, par hasard? Des odeurs que tu n'aimerais pas que ton père reconnaisse?...

Sur le coup, je n'ai pas compris à quoi Raymond faisait allusion. Mais j'ai vu où il voulait en venir quand il a ajouté:

— J'ai le nez plus fin que tu crois, tu sais!

Mon père voulait encore une fois me parler de drogue.

— Voyons, papa! Penses-tu que je suis devenu un fumeur d'opium du jour au lendemain? Et dans ma chambre en plus!

Raymond a paru touché par mon argumentation subtile et il s'est calmé un petit peu. Mais en apercevant mon livre sur le tarot, il a aussitôt enchaîné:

— Avec le genre de livres que tu lis, comment tu veux que je sache quelles idées vont te passer par la tête?

— N'aie pas peur, papa. Je ne vais pas me droguer pour connaître le futur. C'est pour m'amuser que je lis ces livres-là, par curiosité.

Raymond a fait la moue et m'a semblé songeur pendant un moment. Puis il a ajouté, exaspéré:

— Je ne comprends pas que ce genre de radotage puisse intéresser un gars intelligent comme toi. Au lieu de perdre ton temps à des exercices de divination, tu ferais mieux de bûcher un peu plus tes exercices de français. Comme ça, tu pratiquerais moins l'art de la devinette quand tu écris!

Mon père était reparti dans un autre de ses sermons et il commençait déjà à tout mêler. Heureusement, la fumée de l'encens l'incommodait et il est sorti rapidement de ma chambre en toussant et en larmoyant.

J'ai éteint en vitesse mon cube d'encens en me disant que mon jeu de tarots était maintenant fumé à point. Et comme je n'avais pas le goût de méditer sur les règles des participes passés, j'ai décidé d'attendre, pour poursuivre ma démarche, que le Grand Inquisiteur ait sombré dans le sommeil.

Chapitre V
La Dame de pique

Je n'avais pas entendu Lucille entrer dans la maison pendant mon «dialogue» avec Raymond. J'ai sursauté quand elle m'a délicatement touché l'épaule alors que je rangeais mon jeu de tarots.

— Chut! Je ne veux pas que ton père nous rejoigne. J'ai quelque chose d'important à te dire.

Dans la pénombre de la chambre où l'encens flottait toujours, Lucille avait un air mystérieux. Elle m'a entraîné à l'écart, puis elle s'est mise à me raconter à voix basse une histoire renversante.

Lucille avait entendu les paroles que Raymond m'avait dites au sujet de la divination. Et elle s'apprêtait à me faire une véritable révélation sur un personnage de ma famille que je connaissais à peine.

Croyez-le ou non, mais la mère de Raymond, ma grand-mère paternelle, qui est morte bien avant ma naissance, était une tireuse de cartes. C'était, de l'avis de plusieurs, une cartomancienne extraordinaire.

La mère de Raymond aux mains carrées, une voyante! Incroyable, n'est-ce pas?

Aux dires de Lucille, on venait de partout pour faire appel à ses services. Toutes sortes de gens la consultaient, dont certains très riches. Et souvent, selon eux, ce que ma grand-mère prédisait se réalisait.

Pendant des années, la mère de Raymond a donc lu l'avenir. Pendant des années, elle a pu ainsi aider mon grand-père, qui travaillait dans une usine et gagnait peu, à joindre les deux bouts.

Jusqu'au jour du fameux tirage en pique...

Une semaine avant que le père de Raymond soit victime d'un fatal accident de travail, ma grand-mère lui avait tiré les cartes. Et sur la table était alors apparue une suite en pique comprenant l'as, le neuf et le valet.

Une suite noire annonçant un grave danger...

Mal à l'aise, la mère de Raymond avait prévenu son mari d'être très prudent dans

les jours à venir. Mais mon grand-père, qui ressemblait beaucoup à Raymond, d'après Lucille, s'est moqué, comme à son habitude, des «histoires de ma grand-mère».

Et le malheur est arrivé...

Quand elle a appris la nouvelle, la mère de Raymond a jeté toutes ses cartes au feu et elle n'a plus jamais parlé d'avenir à qui que ce soit. Pour les gens de la région, elle est alors devenue «la Dame de pique».

— C'est pour cela que ton père réagit mal face à tout ce qui touche à la divination. Même s'il ne croyait pas réellement que sa mère lisait l'avenir, il est resté marqué par cet événement. Il n'a jamais voulu qu'on en parle à la maison et il n'apprécie sûrement pas de te voir aujourd'hui jouer les aspirants prophètes.

Lucille m'a raconté tout cela sans que j'ouvre la bouche. J'étais figé, interloqué, sidéré.

J'étais loin de me douter que dans ma propre famille une personne ait pu avoir un don de voyance. Mais maintenant, je comprenais mieux pourquoi Edgar Poe et ma chatte Caterina m'avaient subrepticement dirigé vers les sorcières et les sciences occultes.

Mes lignes de la main avaient raison. Après avoir sauté une génération, le don de voyance revenait dans la famille et c'est moi qui en héritais.

C'était toutefois un lourd héritage qui m'était transmis, un héritage que mon père aurait préféré ne pas voir ressurgir. L'héritage de la Dame de pique...

Quand Lucille a quitté ma chambre, elle ne m'a pas suggéré de brûler mes cartes, comme ma grand-mère l'avait fait. Elle m'a seulement demandé d'être raisonnable et de ne pas devenir trop voyant quand Raymond serait dans les parages. J'ai mieux compris son attitude conciliante lorsqu'elle a ajouté:

— Comme ton père, je ne crois pas qu'un humain puisse vraiment prédire l'avenir. Mais dans la vie, il arrive parfois des coïncidences troublantes qui créent de fortes impressions chez certaines personnes. C'est ce qui est arrivé dans le cas de ta grand-mère et de ton père.

Lucille m'a embrassé sur le front et elle est sortie, me laissant dans un état de total bouleversement.

Comment agir maintenant? Qu'allais-je faire de ce don rare et étrange que je savais désormais être le mien?

Est-ce que j'allais l'ignorer, comme le souhaitait mon père, et probablement Lucille, malgré ses dires? Ou, au contraire, devrais-je y avoir recours pour éclairer enfin ma vie et, peut-être, celle de mes proches?

J'ai réfléchi à la question pendant trois jours et trois nuits qui m'ont paru interminables. Et j'ai pris ce matin une décision irrévocable.

N'est pas voyant qui veut. Si le ciel a voulu que je devienne un nouveau Nostradamus, il me faut assumer mon destin.

Avec humilité et prudence, bien sûr... Mais aussi avec ce courage que la vie exige de ceux à qui elle a confié de grands secrets...

Chapitre VI
Le Grand Edgar

Même quand on possède un don de voyance, il faut, pour prédire l'avenir, être capable de se placer dans l'état d'esprit approprié. On ne joue pas au tarot comme on joue à la bataille ou au paquet voleur. Il y a tout un cheminement à suivre.

Selon le livre qui me sert de guide, on ne doit pas réfléchir trop, ni trop se laisser aller. Il faut arriver à être très concentré sans toutefois devenir crispé. Il faut faire le vide mental en soi tout en permettant une communication continue entre le monde des impressions extérieures et le monde de l'inconscient.

Ça m'étonnerait que vous ayez déjà essayé d'atteindre l'état que je viens de décrire. Je peux vous dire, en tout cas, que c'est tout un défi! Il n'est pas facile d'être dur et mou en même temps, là et pas tout à fait là, ici et ailleurs. C'est extrêmement difficile, même quand on a pris soin au départ de créer une atmosphère propice aux grandes révélations.

Suivant les suggestions de mon bouquin, j'avais d'abord baissé la lumière. Puis j'avais allumé une bougie sur mon pupitre pour m'aider à me concentrer tout en permettant à mon intuition de vagabonder.

Dos droit, menton rentré, yeux fermés, j'avais ensuite mis ma main droite sur ma main gauche, les paumes par en haut. J'avais pris une grande inspiration en pensant à l'air vivifiant des montagnes. Et j'avais laissé s'écouler une longue expiration pour chasser de mon corps toutes les ondes négatives qui auraient pu m'empêcher de voir l'avenir convenablement.

J'avais essayé d'imaginer un point de grande énergie au-dessus de ma tête. Et j'avais enfin formulé une question courte et précise pour laquelle je souhaitais recevoir une réponse de mes cartes de tarot.

La première question à se présenter à mon esprit si bien préparé a été:

— Crois-tu, mon pauvre Edgar, qu'il faut faire tous ces sparages pour lire l'avenir?

Je n'avais pas besoin de mon jeu de tarots pour répondre à cette question. J'ai dit «Non!» par moi-même et j'ai décidé sur-le-champ d'éliminer les étapes superflues.

J'ai laissé tomber la bougie, l'air des montagnes et toutes les simagrées qu'on suggérait de faire avant de procéder au tirage des cartes. J'ai gardé la lumière basse et l'idée d'une question courte et précise, puis j'ai amorcé enfin ma vraie carrière de voyant.

Je ne pensais jamais réussir si vite et si bien. Très rapidement, j'ai eu la preuve que mon don de voyance n'attendait que le bon moment pour se manifester.

Pour jouer plus sûr au début et pour me faciliter un peu la tâche, j'ai d'abord posé aux cartes une question concernant mon présent.

— Suis-je heureux actuellement?

Avec ma main droite, j'ai mêlé sur mon pupitre les 22 cartes des arcanes majeurs en faisant des mouvements circulaires dans le sens contraire de celui des aiguilles d'une montre.

Puis, après m'être concentré soixante secondes, j'ai frappé trois fois avec ma main gauche sur la carte qui se trouvait juste en face de moi et je l'ai lentement tournée.

Vous ne me croirez probablement pas, mais la carte qui se trouvait devant mon regard ahuri était la carte n° 6, qu'on appelle L'AMOUREUX. Et cette carte était à l'envers: L'AMOUREUX avait la tête en bas.

Du premier coup, mon tarot répondait de façon lumineuse à ma question en me montrant un jeune homme amoureux placé entre une belle jeune fille et une dame plus âgée. De toute évidence, ce

jeune amoureux triste, à l'envers, c'était moi. J'étais entre la belle Jézabel, dont je n'avais pu être aimé, et ma mère Lucille, qui avait tenté de me consoler.

Devant un résultat aussi renversant, j'ai voulu aller plus loin et expérimenter mon nouveau pouvoir sur ma petite soeur Émilie.

J'ai créé dans ma chambre l'atmosphère propice: lumière tamisée, chat noir et tout. Puis j'ai appelé Émilie.

Je me doutais bien que ma soeur me questionnerait sur son cadeau d'anniversaire. Aussi j'avais pris la précaution de me renseigner auprès de Lucille au cas où mes cartes auraient une défaillance. Mais quelle ne fut pas ma surprise, en tournant la carte placée devant moi par Émilie, de voir apparaître LA ROUE DE FORTUNE, la carte n° 10 du tarot.

Pour son anniversaire, Émilie souhaitait recevoir un jeu récemment arrivé sur le marché. Or, dans ce jeu, il faut essayer de se rendre dans la maison de gens «riches et célèbres» en faisant appel au hasard à l'aide d'une bille et d'une roulette.

Inutile de vous dire que cette fois j'étais stupéfié, époustouflé.

Grâce à un simple jeu de cartes, j'étais devenu, en un rien de temps, un vrai voyant, débarrassé du carcan du présent et baignant à volonté dans les eaux mystérieuses du futur.

Il m'apparaissait donc urgent de passer à des questions plus sérieuses. Cependant je n'aurais jamais cru que les événements se bousculeraient ainsi.

Figurez-vous que ma chère soeur, éblouie par les pouvoirs étonnants de son grand frère, a été incapable de garder pour elle la prédiction fabuleuse que je lui avais faite au sujet de son cadeau.

Elle a couru en parler à Lucille et à... Raymond.

Et savez-vous quoi?

Feignant la naïveté, mon père insiste pour que je lui dévoile, à l'aide de mes «cartes magiques», une petite part de son avenir. Il veut savoir ce que lui réservent les mois qui viennent.

Il est bien évident que Raymond vise à me faire la leçon. Il veut me ramener les pieds sur terre et me mettre sous le nez le caractère futile de mes prétentions.

J'ai essayé de me défiler, mais sans succès. À cause de l'inconscient verbiage

d'Émilie, mon admiratrice trop zélée, me voilà dans l'obligation d'affronter le plus terrible client qu'un voyant puisse imaginer, l'ennemi par excellence des fausses sciences, le très incrédule et très réaliste Raymond.

Chapitre VII
Pris au jeu!

Mes premiers succès en voyance m'attirent donc des ennuis. Persuadée que j'ai utilisé ses confidences pour jouer les devins, ma mère n'apprécie pas du tout que j'aie parlé à Émilie de son cadeau d'anniversaire.

Mon père, de son côté, a vu dans la situation une excellente occasion de mettre à l'épreuve mes supposés nouveaux pouvoirs.

Pour me sortir du pétrin, j'ai expliqué à Raymond qu'il ne fallait jamais tirer les cartes devant plusieurs personnes et que je n'étais pas vraiment prêt. Mon père n'a rien voulu entendre.

Témoin de mon embarras, Lucille a tenté de me venir en aide.

— Laisse donc Edgar tranquille, Raymond! S'il dit qu'il n'est pas prêt, pourquoi l'obliger à faire ce que tu demandes?

— Je veux qu'Émilie voie les vrais

pouvoirs de son grand frère. Je n'aime pas qu'un garçon de treize ans s'amuse à mettre des idées folles dans la tête d'une enfant qui ne peut pas faire la part des choses.

— Tu sais bien que c'est seulement pour rire qu'Edgar a joué les devins avec Émilie. Pourquoi faire un drame avec rien?

— Moi aussi, c'est seulement pour rire que je demande à ton fils de me tirer les cartes. Moi aussi, j'ai le droit d'avoir du plaisir après tout.

Émilie, qui ne saisissait pas bien les enjeux de la situation, est intervenue à son tour.

— Laisse Edgar dire à papa son avenir, maman. Tu vas voir comme il est bon!

Fort de l'appui naïf de ma petite soeur, Raymond a enchaîné:

— Je ne connais pas grand-chose au jeu de tarots. Cependant, j'ai déjà entendu parler d'un tirage que l'on fait souvent avec ces cartes-là. Le tirage en croix ou quelque chose du genre... Est-ce que je me trompe?

Trop bête pour comprendre que mon père me tendait un piège et trop content de montrer mes nouvelles connaissances, j'ai répondu spontanément:

— Je connais ce tirage, mais... comment il se fait que tu connais ça, toi, papa?

Ironiquement, Raymond m'a montré son petit doigt.

— J'ai mes informateurs... Toutefois, ils ne savent pas lire l'avenir. C'est pourquoi j'ai bien hâte de voir ce que tes cartes vont me révéler avec ce fameux tirage en croix.

Sans trop de conviction, j'ai essayé une dernière fois de me sortir de cette fâcheuse position.

— Il faut me comprendre, papa. Je n'ai jamais expérimenté encore la sorte de tirage dont tu parles...

— Excellente occasion de le faire, dans ce cas! Ton père est prêt à te servir de cobaye. Il ne faut pas rater cette chance unique.

Voyant que Raymond ne lâcherait pas prise, Lucille a finalement cédé.

— Dis-lui donc son avenir, s'il y tient tant! Tout à coup on apprendrait que ton père gagnera un million cette année. On pourra tous lui emprunter un peu d'argent à l'avance.

— Tu vois, Edgar. Même ta mère devient raisonnable. Vite. Sors tes cartes et dis-moi ce qui m'attend.

Devant Raymond, fier de son coup, devant ma petite soeur tout excitée, j'ai sorti mon jeu. J'ai demandé à mon père de mêler les cartes sur la table de la cuisine, puis de choisir avec sa main gauche les cartes nécessaires au tirage en croix.

Comme je l'avais lu dans mon livre, j'ai placé, face cachée, la première carte à gauche, la deuxième à droite, la troisième en haut au centre, la quatrième au centre en bas. Puis j'ai tourné les cartes en commençant par la première afin de calculer quelle serait la cinquième carte à mettre au milieu de la croix.

La première carte tournée était la carte n° 4. Sont ensuite apparues dans l'ordre les cartes n° 7, n° 12 et n° 13.

En suivant les explications de mon livre, j'ai alors fait l'opération suivante: 4 + 7 + 12 + 13 = 36. Puis j'ai additionné les chiffres 3 et 6 et j'ai obtenu le chiffre 9 qui désignait la carte qui allait au milieu.

Avant même la mise en place de cette cinquième carte, un grand silence s'était installé dans la cuisine. Bien que personne

IIII
VII
XII

d'autre que moi ne soit en mesure d'interpréter ce qui était sur la table, tous avaient les yeux rivés sur la croix obtenue.

Pour briser le silence et pour montrer qu'il n'allait quand même pas se faire prendre à son jeu, Raymond est intervenu. Sur un ton qui se voulait amusant, mais qui a sonné très faux à mes oreilles, il m'a demandé:

— Et puis, mon gars... Est-ce que tu crois que ton vieux père va passer l'hiver?

J'ai levé les yeux vers Raymond et je n'ai pu que murmurer avec peine:

— N'oublie pas, papa... C'est... juste un jeu...

Chapitre VIII
Un voyant devenu aveugle

Je ne pouvais révéler à Raymond l'avenir que semblaient dessiner les cartes étalées devant nos yeux.

Même pour un voyant débutant, il était évident que tout cela ne présageait rien de bon.

Dans un tirage en croix, la première carte représente la personne qui consulte. Sans aucun doute, la carte n° 4, L'EMPEREUR, c'était Raymond, un homme dans la quarantaine, sérieux, sûr de lui, ambitieux, ordonné.

La deuxième carte tirée, soit la carte n° 7 qu'on appelle LE CHARIOT, m'est d'abord apparue comme une carte de bon augure. Elle annonçait à mon père un voyage agréable et du succès. Pour L'EMPEREUR Raymond, tout semblait donc, dans un premier temps, devoir aller sur des roulettes.

Tout s'est gâté cependant, à mes yeux

comme à ceux de toute la famille, je crois, avec la troisième carte, la carte nº 12, LE PENDU.

Devant le dessin de ce personnage suspendu par un pied la tête en bas, l'attitude de Raymond s'est modifiée brusquement. En l'espace d'une seconde, j'ai vu ses sourcils se froncer comme lorsqu'il est contrarié. Ce retournement de situation ne plaisait visiblement pas à L'EMPEREUR.

Quand Raymond a tourné la quatrième carte, l'atmosphère dans la cuisine est devenue lourde comme du plomb. Devant la carte nº 13, devant ce squelette représentant LA MORT en train de faucher des mains et des pieds, Raymond a d'abord fait une légère grimace. Puis il l'a transformée en un sourire peu convaincant.

Pour ma part, j'étais bouleversé. Je savais, pour l'avoir lu dans mon livre, que la carte de LA MORT annonce rarement la mort réelle de quelqu'un. Mais je me rappelais aussi que cela était possible et qu'il pouvait même s'agir de «la mort d'un parent».

Du coin de l'oeil, j'apercevais maintenant, dans la main de mon père, sa courte ligne de vie qui allait en s'effaçant... Et

l'histoire de la Dame de pique me revenait à l'esprit.

Pas question toutefois de soulever une hypothèse aussi terrible. J'ai plutôt fait à Raymond une interprétation confuse des cartes où j'essayais avant tout de minimiser les dégâts.

J'ai expliqué que la carte n° 13 était la carte sans nom. Elle indiquait le plus souvent, malgré les apparences, un changement positif dans la vie de celui qui consultait.

En simulant un ton léger, j'ai finalement ajouté:

— Tu peux dormir sur tes deux oreilles, papa. Il n'y a pas de danger.

Crâneur et ne voulant surtout pas révéler qu'il était un peu ébranlé, mon père a rapidement souscrit à mon interprétation.

— Tu ne peux pas savoir comme je suis heureux de t'entendre dire ça, mon garçon! Ça soulage d'avoir un voyant dans la maison. Surtout quand on est à la veille, comme ton vieux père, d'aller montrer sa carcasse au Dr Brisebois pour l'examen médical annuel.

En entendant la dernière phrase de Raymond, j'ai senti un frisson glacé me parcourir tout le dos. J'ai l'impression que maman a éprouvé la même sensation, car elle a ajouté presque aussitôt:

— Arrête donc de dire des folies, Raymond. Tu vas finir par faire peur aux enfants avec tes farces plates.

Mais la peur était déjà là.

Dans la figure pâle de ma mère. Dans les yeux fixes d'Émilie, rivés à l'image du squelette. Et dans les faux rires de Raymond...

Chapitre IX
Le pendu est au rendez-vous

Lorsque je suis rentré de l'école tout à l'heure, j'ai senti que quelque chose n'allait pas à la maison. Lucille a évité mon regard quand je l'ai saluée et il m'a semblé qu'elle avait les yeux un peu rouges.

Je me suis installé dans ma chambre pour faire mes devoirs, mais j'étais incapable de me concentrer. Mon attention était sans cesse attirée par le morceau de soie violette sur mon pupitre dans lequel est soigneusement enveloppé mon jeu de tarots.

Depuis mon tirage en croix pour Raymond, je n'ai plus touché à mes cartes. Pas que je pense réellement que mon père... Mais je préfère attendre. Et en ce moment, c'est encore pire. J'ai un mauvais pressentiment.

Raymond vient d'entrer. Il est maintenant dans le salon avec Lucille. Tous deux parlent à voix basse.

J'aimerais tellement savoir ce qui se passe. Je vais aller faire un petit tour, mine de rien.

Je n'ai pas osé me montrer. Je ne crois pas que maman et papa veuillent me voir pour l'instant.

Lucille est assise près de Raymond. Par ses légers haussements d'épaules, je devine que maman pleure. Et même si ça peut sembler totalement farfelu, j'ai bien peur d'avoir déjà une idée de ce qui arrive.

Lucille a relevé la tête. Je me suis reculé, mais trop tard. Raymond m'a aperçu. Il me fait signe de m'approcher.

— Viens, Edgar. Maman et moi, on a quelque chose d'important à te dire.

Quand Lucille s'est retournée, j'ai vu deux grands yeux mouillés. En tâchant de ravaler ses larmes, elle m'a dit avec douceur:

— On a une mauvaise nouvelle.

Je me suis assis près de Lucille, qui m'a entouré de son bras. Raymond a hésité, a semblé chercher ses mots, puis il a laissé tomber lentement:

— J'ai eu les résultats de mes examens chez le docteur... Il va falloir que je subisse une petite opération.

J'étais complètement atterré. Je voyais les cartes de mon jeu de tarots tournoyer à une vitesse vertigineuse dans ma tête. Je voyais la ligne de vie de Raymond qui rapetissait et s'effaçait rapidement. J'ai essayé de me maîtriser et j'ai demandé:

— Une opération pour quoi, papa?

Lucille a aussitôt enchaîné:

— Le docteur dit que ça va bien aller, que c'est heureux que ton père passe un examen chaque année.

Malgré le peu de paroles prononcées, malgré l'assurance que mes parents essayaient de conserver, je sentais que la situation était grave. Je voulais en savoir plus.

— Qu'est-ce que le Dr Brisebois a dit, maman?

Lucille a ouvert la bouche, mais aucune parole n'a pu sortir. Raymond est venu à son secours.

— C'est une petite tumeur dans l'intestin. Le docteur l'a détectée à temps. Il croit que j'en aurai pour quelques semaines. Le Dr Brisebois est un excellent médecin.

Raymond a esquissé un sourire, mais je voyais bien que le coeur n'y était pas. J'ai quand même joué à celui qui y croyait pour rassurer Lucille.

— C'est sûrement ce qui va arriver, maman. Dans un mois, j'en suis certain, papa sera en forme comme avant.

Lucille m'a regardé et a tenté de sourire à son tour.

— Je compte sur toi pour me donner un coup de main pendant que ton père sera à l'hôpital. Émilie et moi, on aura bien besoin d'aide.

Lucille n'a pu se retenir et elle s'est remise à pleurer. Raymond l'a serrée contre lui, tandis que j'essayais, moi aussi, de réconforter ma mère.

— N'aie pas peur, maman. Je serai là.

J'entendais mes paroles, mais elles me semblaient irréelles. Au fond de moi, une autre voix, éraillée, rauque, inquiétante, prenait lentement toute la place et me répétait sans arrêt:

— Je suis la carte n° 13, la redoutable carte sans nom... Ne m'oublie surtout pas... Moi aussi, je serai là...

Chapitre X
Chambre 313

Je hais les hôpitaux. Dès que j'y mets les pieds, je me sens mal. Et aujourd'hui, c'est cent fois pire, étant donné que je viens voir mon père qui a été opéré ce matin.

Le Dr Brisebois a dit à Lucille que l'opération s'était très bien déroulée. Cependant, je ne veux pas me réjouir trop vite. D'après ce que je lis dans les journaux, il n'est pas évident que les avis des médecins soient plus fiables que les prédictions d'un voyant amateur.

De plus, je viens d'apprendre que mon père est dans la chambre 313.

Même si je ne suis pas superstitieux, je ne trouve pas ce chiffre-là tellement encourageant. J'essaie d'être réaliste et de me dire qu'il n'y a aucun rapport entre ce genre de coïncidence et le déroulement de la vraie vie. J'ai bien du mal à me convaincre.

Nous approchons de la fameuse chambre. Je me sens tout drôle. C'est comme si, au même moment, je voulais et je ne voulais pas revoir Raymond.

Lucille a poussé doucement la porte. C'est une chambre pour deux, mais il n'y a pas de patient dans le premier lit. Raymond est dans le lit du fond.

Il dort. Je ne crois pas que Lucille s'en soit aperçue, mais quand j'ai vu mon père, j'ai failli m'évanouir. À cause de son teint pâle, du sérum dans son bras, j'ai eu l'impression tout à coup d'avoir une autre personne devant moi, presque un étranger.

Ce n'est pas l'homme sûr de lui avec qui j'ai l'habitude de me chamailler qui est là. C'est un petit homme, grisâtre, perdu au milieu d'un grand lit blanc. Un homme qui semble fragile et qui n'a plus grand-chose de commun avec mon père.

C'est comme si L'EMPEREUR venait de perdre en un instant son trône et sa couronne.

Raymond ne sait pas que nous sommes là. Il dort très profondément. Ce doit être à cause des médicaments qu'ils lui ont donnés.

Lucille s'est assise près de papa et elle

lui caresse la main. Papa n'a pas bougé. Il ne paraît pas se rendre compte que quelqu'un le touche. Si je ne voyais pas le drap

monter et redescendre régulièrement à la hauteur de sa poitrine, je me poserais de sérieuses questions.

Lucille ne laisse pas Raymond des yeux. Elle est perdue dans ses pensées et m'a complètement oublié. Je suppose qu'elle revoit dans sa tête une foule de souvenirs.

Mes parents se sont connus bien avant leur mariage. Ils vivent ensemble depuis quinze ans, heureux...

Il ne faut pas qu'il y ait de lien entre le numéro de cette chambre et le 13 de la carte sans nom...

Chapitre XI
Plus fort que LA MORT?

Il y a déjà plus d'une heure qu'on est à l'hôpital, maman et moi, et papa ne s'est toujours pas réveillé. Lucille est sortie voir l'infirmière de service pour avoir plus d'information. Je suis seul avec Raymond.

Je crois que c'est la première fois que je constate clairement que mon père est un homme comme les autres. Un homme loin d'être tout-puissant comme il essaie souvent de le paraître. Un homme qui a une petite ligne de vie et qui pourrait facilement partir...

Raymond est tellement imposant d'habitude. Il veut toujours avoir le dernier mot, montrer que c'est lui qui a raison. Il aime être le grand patron.

Je comprends qu'avec moi il veuille tenir son rôle de père, mais je doute souvent qu'il s'y prenne de la bonne façon.

Ce n'est pas en se moquant de ce qui m'intéresse qu'il va faire de moi un comptable comme lui. Je ne suis pas «le portrait de mon père». J'ai des mains de rêveur et je ne retiendrai jamais bien tous ces conseils qu'il n'arrête pas de me donner.

C'est pour ça que Raymond et moi, on passe notre temps à se chamailler. C'est aussi pour ça que, certains jours, il m'est arrivé de trouver mon père insupportable, de souhaiter le voir très loin.

Mais aujourd'hui, je veux qu'il reste.

Je me suis assis à la place de Lucille et je tiens à mon tour la main de papa. J'ai pris sa main en hésitant et en ayant un peu peur qu'il se réveille. Je ne saurais quoi lui dire.

On ne se connaît pas beaucoup au fond, papa et moi. Il travaille tout le temps et quand il est à la maison, il est fatigué, chicaneur. C'est surtout lorsque j'étais plus jeune qu'on a pu se connaître un peu mieux, au moment des vacances. Et encore!

Raymond n'est pas du genre à montrer ses sentiments. C'est un homme d'affaires. Il est tellement habitué à cacher son jeu pour réussir qu'il fait la même chose avec nous.

Malgré sa minuscule ligne de coeur, je

suis sûr que papa nous aime.

Il nous aime même énormément. Mais il ne sait pas comment le dire. Il faut qu'on devine.

Et comme Raymond est ce qu'il est, nous aussi, on n'a jamais appris à lui dire certaines choses. Pourtant, il y a des jours où j'aurais voulu...

«Tu sais, papa... Je n'ai pas besoin d'être un voyant pour deviner qu'au fond tu n'as rien d'un EMPEREUR.

«Je sais que tu as un grand coeur, papa, et que tu serais prêt à tout pour ta petite famille. Aussi, tout ce que je te demande aujourd'hui, c'est de revenir à la maison.

«Mes histoires de tarot, c'étaient seulement des "folies", comme tu dis. Oublie-les, papa. Oublie les cartes que tu as vues sur la table. Sois sérieux et raisonnable comme d'habitude et viens-t'en.

«J'ai besoin de toi et je t'aime, papa.»

Quand j'ai fini ma dernière phrase, Raymond a ouvert les yeux. Il m'a regardé un moment, puis il m'a souri. Mais je ne crois pas qu'il ait entendu ce que je lui ai dit, car il m'a faiblement demandé:

— Il y a longtemps que tu es là?

Chapitre XII
Comme un 9

Heureusement, le Dr Brisebois avait raison. Papa va s'en tirer.

Il a passé près d'un mois à l'hôpital et il est maintenant en convalescence à la maison.

Moi qui ai toujours vu Raymond en train de courir et de travailler, j'ai du mal à m'habituer à le voir se promener en pantoufles, lentement, un livre à la main. Mais ce que je trouve encore plus étrange, c'est de constater à quel livre mon père s'intéresse en ce moment.

Raymond m'a emprunté mon livre sur le tarot et j'ai bien l'impression qu'il est vraiment en train de le lire. Quand il m'a fait cette demande, j'ai d'abord cru qu'il désirait jeter le volume à la poubelle et je l'ai prévenu qu'il n'était pas à moi. Raymond a répliqué:

— Je n'ai nullement l'intention d'avoir à rembourser ce gros volume. Tout ce que

TAROT
TAROT

je veux, c'est y jeter un coup d'oeil, par curiosité.

Mon père est donc là, bien installé dans son fauteuil, ma chatte Caterina sur les genoux, en train d'explorer les pages de mon livre. Et à le voir ainsi, dans sa vieille robe de chambre à carreaux, affaibli, amaigri, mal rasé, je ne peux m'empêcher de faire une constatation troublante.

Aussi incroyable que ça puisse paraître, mon père a aujourd'hui les traits de L'ERMITE, la carte n° 9 du tarot, la dernière carte de son fameux tirage en croix.

Un ERMITE un peu spécial, je vous l'accorde, qui utilise sa maison en guise de désert et mon livre sur le tarot comme sujet de méditations!

Épilogue

Raymond m'a demandé d'apporter mon jeu de tarots au salon. Lucille et Émilie ont aussi été convoquées. William, le chat de ma soeur, et ma chatte Caterina sont déjà au rendez-vous.

Quand je suis apparu avec mes cartes, j'ai cru déceler un petit sourire sur les lèvres de mon père. Maintenant que ça va mieux, j'ai l'impression qu'il veut s'amuser un peu aux dépens de son fils.

— Vous ne savez pas la grande nouvelle! J'ai découvert que moi aussi, j'ai des dons de voyant. Assoyez-vous, tout le monde, et écoutez bien ce que le Grand Raymond va vous révéler.

Lucille ne semble pas trop apprécier l'idée de papa.

— Tu ne penses pas qu'on ferait mieux de laisser ce petit jeu-là tranquille, Raymond? C'est juste bon pour nous mettre dans la tête des idées dont on n'arrive plus à se débarrasser par la suite.

— Attention, ma belle! Il y a peut-être

dans ces cartes plus de vérités que tu le penses.

Je trouve Raymond plutôt bizarre. Je me demande où il veut en venir.

— Le Grand Raymond va tirer une carte pour chacun de vous et il va vous expliquer ce que cette carte signifie.

Ce n'est pas une vraie façon de procéder pour lire l'avenir, mais j'aime autant ne pas contrarier mon père pour le moment. Son séjour à l'hôpital l'a peut-être affecté un peu, après tout.

Raymond s'est tourné vers Émilie. Il a fait semblant de brasser le paquet et il vient de sortir une carte qu'il a déposée devant ma soeur. C'est la carte n° 19, LE SOLEIL.

Raymond est tout souriant.

— Tu vois le beau soleil et les deux enfants sur cette carte, Émilie?

— Oui, papa, je les vois.

— Ces enfants-là, c'est toi et Edgar. Et le soleil, c'est la chaleur que vous nous apportez tous les deux, à moi et à maman.

— C'est vrai, papa?

Émilie a l'air à la fois surprise et ravie de l'interprétation de Raymond. Ses yeux brillent comme deux petits soleils.

Les yeux de maman brillent aussi, mais d'une tout autre façon. En entendant les mots de papa, ils sont devenus en une seconde des «soleils mouillés», comme disait un poète.

Raymond continue son jeu. Il vient de placer devant Lucille la carte n° 11, celle de LA FORCE.

— La belle dame sur cette carte tient la gueule d'un lion pour l'empêcher de rugir. En douceur, avec tendresse, elle vient à bout de tous les problèmes.

— Ça, c'est maman, hein, papa?

Émilie a parlé. Tout le monde rit. Surtout Raymond, qui vient de mettre devant moi la carte n° 18, la carte de LA LUNE.

En apercevant cette carte, j'ai vu Lune dans ma tête, le gros chat noir de Jézabel. Et j'ai alors pensé que mon tarot m'annonçait peut-être qu'un jour Jézabel m'aimerait.

Raymond avait une autre idée.

— Pendant que j'étais à l'hôpital, j'ai passé beaucoup de temps «dans la lune», comme toi, Edgar. Et figure-toi que j'ai découvert que tu avais souvent raison. Pour savoir ce qui nous tient à coeur, il faut voir quels sont nos grands rêves.

Tout en prononçant ces paroles surprenantes, Raymond a tiré une dernière carte qu'il a placée devant lui. C'est la carte sans nombre où apparaît une sorte de FOU.

— Le FOU de la carte sans nombre va gagner moins d'argent à l'avenir. Car il veut prendre le temps de vivre et de dire à ceux qui l'entourent: «Je vous aime.»

La belle dame aux «soleils mouillés» s'est approchée du FOU et elle l'a serré dans ses bras.

Un petit soleil en forme de soeur est monté sur les genoux du FOU et a séché les yeux de maman.

Et moi qui cherchais qui j'étais, j'ai su que j'étais le vrai fils d'un comptable extraordinaire. Et devant cet EX-EMPEREUR, devenu FOU, mais souriant, j'ai décidé pour quelque temps d'oublier l'affreux mal bleu.

Table des matières

Achevé d'imprimer
sur les presses de Litho Acme Inc.